I0686523

PARABOLES

ET

POÉSIES DIVERSES

PAR L'ABBÉ LANGE

Aumônier des Orphelins.

Première Livraison.

—❦—

Se vend au profit de la Maison des Orphelins de la Providence,

Allées des Noyers, 26,

1 franc 25 centimes.

—❦—

BORDEAUX

à l'Établissement et chez tous les Libraires.

1853

PARABOLES

ET

POÉSIES DIVERSES

PAR L'ABBÉ LANGE

Aumônier des Orphelins.

***

Première Livraison.

***

BORDEAUX

MAISON DES ORPHELINS DE LA PROVIDENCE

ALLÉES DES NOYERS, 26.

1853

PARABOLES.

——◦——

LE PÉNITENT DU PAPE

PARABOLES.

I.

Le Pénitent du Pape.

Un noble et dévot gentilhomme
En pompeux équipage, un jour, s'en vint à Rome
Pour confesser certain péché
Au Très-Saint-Père.
Le Pape l'accueillit et même fut touché
De son aveu sincère.

La difficulté commença

Au sujet de la pénitence

Qu'il fallait imposer pour telle et telle offense.

Le pénitent d'abord la refusa.

Il la trouvait un peu sévère :

« Considérez, dit–il, Saint-Père,

Qu'un homme de ma qualité

Ne peut guère être ainsi traité.

Les longues oraisons me fatiguent bien vite,

Et j'y suis toujours fort distrait ;

Pour le jeûne j'ai peu d'attrait ;

Ma santé veut que je l'évite ;

Et, si du médecin j'écoute le conseil,

Je ne pourrai non plus me priver de sommeil ;

Je ne puis supporter ni cilice, ni haire ;

L'aumône, je la fais, mais quand je puis, Saint-Père. »

Le Pape réfléchit, cherche un expédient

Qui convienne à son pénitent.

« Mon fils, pour toute pénitence,

Mettez à votre doigt cet anneau de saphir

Où brille en lettres d'or cette simple sentence :

Souviens-toi qu'il faut mourir.
Une fois chaque jour, promettez de la lire,
Et Dieu sera content de votre repentir. »
    Le pénitent bien joyeux se retire ;
       Mais l'adage mystérieux
    A son esprit se présente sans cesse,
    Et sur le faux brillant de la richesse
      Et sur l'erreur de la mollesse,
    A son insu, lui dessille les yeux.
    « Il faut mourir, se dit-il en lui-même :
Pourquoi tant ici-bas embellir mon séjour ?
    Il faut mourir ; c'est un arrêt suprême :
Pourquoi flatter ce corps qui doit périr un jour ? »
La pénitence, alors, même la plus austère,
      Lui parut facile et légère ;
    Et l'anneau d'or, produisant son effet,
D'un pénitent douteux fit un chrétien parfait.

LA BELLE JULIE.

II.

La belle Julie.

Unique et faible espoir d'une antique famille,
D'un illustre seigneur Julie était la fille;
Ses charmes contrastaient avec sa pauvreté :
Aussi, de courtisans une foule nombreuse,
D'hommages assidus entourant sa beauté,
    Pour l'épouser se montrait dédaigneuse.
    Après cela, croyez à la sincérité
    De ces serments d'amour et de tendresse !

1*

Amour, tu crois à la fidélité :
On te préfère la richesse.

Le bruit de ses attraits parvint jusqu'à la cour.
Le fils du roi lui-même, épris d'un bel amour,
Quitte un jour son palais pour visiter Julie :
De l'amour telle est la folie !...
Le prince, en la voyant, loin d'être rebuté
De ses haillons, de sa détresse,
Lui promet aussitôt, dans son ardente ivresse,
Avec sa main, son cœur, son or, sa royauté.
Julie à ce discours répondit par des larmes,
Larmes de joie et de bonheur.
Entrevoyant un terme à ses longues alarmes,
Elle jure à l'instant amour à son seigneur.

Julie était fort belle;
Mais pourtant un défaut déparait sa beauté :
On la voyait souvent absente de chez elle;

On parlait quelquefois de sa légèreté.

Le prince, sur ce point, sans excuser Julie,

      Lui dit avec bonté :

« Je suis venu deux fois, et vous étiez sortie ;

      Désormais donc, tenez-vous avertie ;

    Si je vous trouve à mon prochain retour,

       A vos promesses je veux croire,

Vous serez mon épouse, et vous verrez la gloire

       Dont resplendit ma cour.

Cette épreuve sera de votre amour sincère

       Un indice certain.

J'ai tout réglé d'avance avec le roi mon père...

Mon retour aura lieu, quand ? peut-être demain. »

Et Julie avec joie accepte son destin.

    Le premier jour elle reste chez elle,

    Et le second elle est encor fidèle.

    Mais le troisième elle sort un instant.

      Son père, avec tristesse,

Lui dit : « Au nom du ciel, gardez votre promesse,

Car votre bonheur en dépend. »

Julie alors reconnaît sa faiblesse,

Et renouvelle son serment

De veiller à toute heure,

Et, quelques jours après, quitte encor sa demeure.

Son père en vain l'exhorte : elle sort malgré lui.

Une première chute entraîne une autre chute.

« Il ne viendra pas aujourd'hui,

Dit-elle, et les voisins, d'un geste, à la minute

M'avertiront : du reste, ils le verront venir. »

A peine elle est sortie... une nuée épaisse

Soudain vers l'horizon s'élève et puis s'abaisse...

Bientôt on la voit s'éclaircir :

Du prince c'était l'équipage;

Et par fatalité, non pas par trahison,

Des signaux convenus on ne fit point usage :

Les voisins avaient vu Julie à la maison

Quelques moments plus tôt; ils la croyaient chez elle.

Compter sur ses voisins, quelle témérité

Quand il s'agit, grand Dieu, de sa félicité !

Le prince est arrivé ; mais Julie ? On l'appelle :

    Julie !... elle ne répond pas.

On s'empresse, on la cherche ; où la trouver, hélas !

Julie arrive enfin !... « O fille infortunée !

Il est trop tard : le prince est reparti,

Lui dit son père en pleurs. Cruelle destinée !... »

A ce mot, il chancelle et tombe anéanti.

    Julie aussi se désespère ;

    Son malheur était sans retour :

    La douleur, la douleur amère,

    Fut son partage dès ce jour.

—

Cette histoire est la nôtre, et Julie est l'image

De nôtre âme achetée au prix du sang d'un Dieu.

Jésus de son amour nous a donné le gage ;

De nous donner à lui nous avons fait le vœu.

Un jour il doit venir nous chercher sur la terre
       Pour nous conduire au ciel.
Lui-même nous l'a dit : *Vigilance et prière ;*
La mort nous surprendra... l'oracle est éternel !

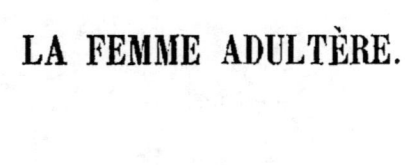

LA FEMME ADULTÈRE.

III.

La Femme adultère.

Quelques Pharisiens amènent au Sauveur
Une femme par eux surprise en adultère.
Sur ses traits on lisait sa honte et sa douleur;
Mais, pour eux, ils parlaient sur un ton de hauteur :
      Leur châtiment ne tarda guère.
« Maître, lui disent-ils d'un air de bonne foi,
Faut-il suivre en ce cas la rigueur de la loi ? »
      La loi disait : Qu'elle soit lapidée.

Surprendre le Sauveur, c'était là leur idée :

Qu'il dît oui, qu'il dît non , ils comptaient l'accuser,

Ou de trop de rigueur, ou de trop d'indulgence ;

    Ils eurent beau vouloir subtiliser,

Jésus les contraignit à garder le silence ,

Et même à faire plus, comme nous allons voir.

La pécheresse en pleurs attendait sa sentence ,

    Dans le Sauveur mettant tout son espoir :

Jésus avec son doigt écrivait sur la terre ;

Puis il dit, s'adressant à ces accusateurs :

« Que celui qui n'est pas du nombre des pécheurs

        Lui jette la première pierre. »

        Ce mot les glaça tous d'effroi.

        Jésus continua d'écrire :

        L'Évangile ne dit pas quoi.

        La foule aussitôt se retire,

    Les plus anciens partirent les premiers,

    Et tous après, même les plus altiers,

        Laissant de la sorte en présence

La pécheresse seule avec son Rédempteur ;

        Car la voix de la conscience ,

Au sujet de leur innocence,

Ne disait rien de trop flatteur.

Jésus, levant les yeux, dit à la pécheresse :

« Ceux qui vous accusaient, que sont-ils devenus ?

Vous ont-ils condamnée ? — Ils se sont abstenus,

Dit-elle. — Eh bien, reprit la divine Sagesse,

Je ne veux pas non plus vous condamner,

Allez ; à l'avenir, gardez-vous de pécher. »

—

Avant de condamner les fautes de nos frères,

Considérons quelles sont nos misères

Qui du pardon aussi réclament la faveur :

Haïssons le péché, mais aimons le pécheur.

—➤:◄—

LE MICROSCOPE..

IV.

Le Microscope.

J'ai lu, dans un auteur en plus d'un lieu cité,
  Qu'un célèbre missionnaire
Avait usé ses ans, sa force et sa santé
A prêcher les humains : il avait fort à faire.
  Bref, il rendit son âme à Dieu,
En passant par un bourg de la Transylvanie.
  Or, le bourguemestre du lieu
  Ordonne qu'on inventorie

Les hardes dudit trépassé.

Mais un objet surtout, par le défunt laissé,

Attira les regards de la foule ébahie.

C'était un instrument inconnu jusqu'alors ;

Sa forme, sa couleur à la sorcellerie

    Semblaient avoir quelques rapports :

Machine ingénieuse, et cachant un mystère.

Dans un étui de bois orné d'un double verre.

Le premier qui vient voir recule de vingt pas,

Et, se signant trois fois, en même temps s'écrie :

    « *Ab renuntio, Satanas !...* »

Chacun d'y regarder eut la soudaine envie,

Mais nul ne fut tenté d'y regarder deux fois.

On voyait là-dedans un animal horrible ;

    En grosseur dépassant, je crois,

Tous les monstres connus de ce monde visible ;

Son corps semblait d'airain, et sur son front noirci

Deux cornes s'agitaient, cherchant une victime.

Les sages de l'endroit déclarent qu'en ceci

Il faudrait soupçonner quelque rapport intime
    Avec messire Belzébuth.

Un jeune étudiant qui sentait la logique
    Leur dit : « Messieurs, le cas s'explique.
» Le sujet n'est jamais hors de son attribut.
    » Enfin, pour mieux saisir la chose,
   » Considérez qu'ici la bête enclose
   » Est mille fois plus grosse que l'étui.
» Or, sans aller plus loin, on démontre aujourd'hui
» Qu'un contenant toujours — c'est même un axiôme —
    » Est plus grand que son contenu :
   » Donc, l'animal n'est qu'un esprit, — fantôme
    » D'un corps apparent revêtu... »
La foule, à ce discours qu'elle admet véritable,
Se disperse en disant : « Nous avons là le Diable ! ! »

Le juge condamna notre défunt sorcier,
    Sans plus de forme en procédure,

A la privation de toute sépulture ,

Et remit cet arrêt dûment en main d'huissier.

Le curé fut mandé pour faire l'exorcisme.

Le scandale atteignit son dernier paroxisme.

La foule en vint à ces malins propos :

Que le mort et tous ses confrères,

Jésuites et missionnaires,

Du Démon étaient les suppôts.

Pendant ce tintamarre, un savant philosophe,

Venu d'un pays limitrophe,

Apparut au milieu de ce peuple en émoi.

Chacun lui dit le fait qui causait tant d'effroi...

Mais, à ces mots de diable et de sorcellerie,

L'étranger témoigna quelque incrédulité.

La foule alors le presse, et même le supplie

De venir voir la vérité.

A peine sur les lieux, notre savant s'écrie

Sur un ton de causticité :

« Eh ! messieurs, c'est un microscope !... »

Il eût dit : habapatacope,

C'eût été non moins clair pour nos gens hébétés.

Donc, pour dévoiler le mystère,

Et pour calmer leurs esprits agités,

Il ôte de l'étui la lentille et le verre :

Il en sort un joli sexipède vivant

Qu'on nomme, je crois, cerf-volant.

Ce petit capitaine apparut sur la table,

Non plus sous la forme d'un diable,

Mais bien comme un héros fier de sa liberté.

Et la peur fit soudain place à l'hilarité.

Le bon père eut alors sépulture à l'église.

A sa mémoire on voulut rendre honneur.

Chacun reconnut son erreur.

Quelques-uns cependant en parlaient à leur guise ;

Dans leurs récits défigurant les faits,

Racontaient la sentence, en omettant le reste.

On voit des hommes ainsi faits,

Tant soit peu médisants sous un dehors modeste.

Mais, quant au microscope, on s'en sert bien souvent
    Pour condamner les actes de ses frères :
Le verre nous grossit considérablement
    Jusqu'aux fautes les plus légères.

LA FEMME PÉCHERESSE.

V.

La Femme pécheresse.

Jésus fut invité par un Pharisien
    A venir s'asseoir à sa table.
On reprochait parfois au Sauveur charitable
De ne pas fréquenter toujours les gens de bien.
    Pour cette fois on n'avait rien à dire :
Jésus était, non pas au milieu des pécheurs,
Mais des Pharisiens, des Scribes, des Docteurs;
    Quelqu'un dirait : C'était peut-être pire.

Voici le fait : Au plus fort du festin,

Une femme paraît, le front ceint de tristesse ;

Elle portait un vase dans sa main.

De la cité c'était la pécheresse.

Les bontés de Jésus avaient touché son cœur :

Ne pouvant plus tenir à l'amour qui la presse,

Elle vient se jeter aux pieds du Rédempteur.

Mais les Pharisiens, par un esprit de zèle,

A condamner autrui toujours fort disposés,

De la conversion qui s'était faite en elle

Ignorant le secret, furent scandalisés.

La Madeleine pénitente,

Renonçant pour toujours à ses adorateurs,

Sur les pieds de Jésus colle sa lèvre ardente,

Elle y répand des parfums et des pleurs.

A ses anciens péchés la croyant asservie,

Le maître du logis en murmurait tout bas :

Mais, s'il était prophète, il ne permettrait pas
Qu'elle baisât ses pieds ; il connaîtrait sa vie
       Et ses lamentables erreurs.
       Hélas ! il ignorait lui-même
Qu'auprès de Dieu, qui voit le fond des cœurs,
Le pouvoir de l'amour est un pouvoir suprême,
Et qu'en prédestinés il change les pécheurs.
       Jésus prit enfin la parole,
Mû par un sentiment de tendre charité,
Et propose à Simon, qui l'avait invité,
       Cette instructive parabole :

« Un homme riche avait deux pauvres débiteurs
Qui, pour se libérer, étaient sans une obole.
Mais, des lois pour tous deux abrogeant les rigueurs,
Et par compassion pour leur grande misère,
Il leur fit de leur dette une remise entière.
L'un devait beaucoup moins, et l'autre beaucoup plus.
Simon, d'après cela, lui dit encor Jésus,
Qui des deux dût l'aimer d'un amour plus sincère ?

                                   2*

— Ceci n'est pas douteux, reprit soudain Simon;

   Eh ! c'est celui qui devait davantage.

— C'est bien, lui dit Jésus, cette réponse est sage.

     Tu m'as reçu dans ta maison

Sans songer à répandre une onde salutaire

Sur mes pieds fatigués et couverts de poussière :

La vois-tu, cette femme ? en son humilité,

Elle y verse ses pleurs, les lave, les essuie.

Tu ne m'as pas donné par une bouche amie

     Le baiser d'hospitalité :

Sur mes pieds qu'elle baise, elle épanche son âme,

Et mêle ses parfums à l'amour qui l'enflamme.

Aussi je le déclare en toute vérité,

Parce que son amour fut un amour extrême :

Si son péché fut grand, son pardon est de même. »

Il se retourne alors vers cette femme en pleurs,

    Et, la voyant d'amertume abreuvée,

Il dit, de son amour révélant les grandeurs :

« Vos péchés sont remis : la foi vous a sauvée. »

Hélas ! on voit encor dans le siècle où nous sommes

De ces Pharisiens qui, s'estimant meilleurs

    Que la plupart des autres hommes,

Ne se comptent jamais au nombre des pécheurs.

Ils ignorent ainsi qu'aux âmes criminelles

    Jésus garde un amour de choix :

    Car c'est uniquement pour elles

Qu'il a versé son sang sur l'arbre de la Croix.

POÉSIES DIVERSES.

L'IMMORTALITÉ.

POÉSIES DIVERSES.

I.

L'Immortalité.

D'où vient l'homme ? où va-t-il ? si tout meurt à son tour,
A l'immortalité doit-il prétendre un jour ?
Et l'espoir du chrétien, exilé sur la terre,
La céleste patrie est-elle une chimère ?
Est-il vrai que la mort doive tout engloutir ?

Que l'homme du tombeau ne doive plus sortir ?
Pareille question peut sembler importune
Au mortel affamé des biens de la fortune
Qui voudrait, peu touché du bonheur éternel,
Prendre pour lui la terre et renoncer au ciel ;
Mais le juste éprouvé, ferme dans la souffrance,
Dans un monde meilleur attend sa délivrance.

Pour l'immortalité Dieu nous créa d'abord.
Le péché dans le monde introduisit la mort.
Alors, pour en briser le sceptre redoutable,
L'Homme-Dieu revêtit la forme du coupable ;
Il mourut sur la Croix, et son sang répandu
Racheta de la mort le genre humain perdu.
A quoi bon, dites-vous, le rachat du Calvaire ?
L'inflexible trépas en est-il moins sévère ?
Dans la tombe, il est vrai, sommeilleront nos corps
Jusqu'au jour où l'Archange éveillera les morts.
Ce jour-là, revêtus de leur forme première
Et sortis des tombeaux rayonnants de lumière,

Suivant que leur mérite aura plus de grandeur,
Du céleste séjour ils verront la splendeur.

Vers la félicité nous soupirons sans cesse ;
Tout ce qui nous séduit, honneur, plaisir, richesse,
Sur la terre d'exil à notre pauvre cœur
Ne donnèrent jamais la paix et le bonheur.
Seigneur, qui nous créas, pourquoi dans la nature
Ce long gémissement de toute créature ?
Tout nous dit ta bonté ; le ciel, tu l'as promis,
Le ciel est la patrie où nous serons admis.
Toi-même sur nos fronts poseras la couronne ;
Nous bénirons ton nom, ton amour qui pardonne.
Soutiens notre faiblesse au milieu des combats !
Que, pour t'aimer au ciel, nous t'aimions ici-bas !
Pourquoi donc de la mort craindre la faux cruelle ?
C'est pour aller à Dieu que sa voix nous appelle.

Toi qui romps les liens de la mortalité,

Toi qui finis l'exil, salut, Éternité !

Quand l'horloge du temps dira la dernière heure,

Dans ton immensité, nous verrons la demeure

Du Dieu qui nous aima d'un éternel amour !

Pourquoi craindre, ô mortel, d'arriver à ce jour !

Quoi ! pour des biens trompeurs dont ton âme est ravie,

A genoux, à la mort tu demandes la vie ?

L'Homme-Dieu s'immola pour racheter ton cœur ;

Que tu lui coûtas cher, enfant de sa douleur !

Pour toi, sa créature, il se fit anathème ;

Pour toi, pour te sauver, il se livra lui-même !

Mille morts sur la Croix il eût voulu souffrir :

Et, pour aller à lui, tu craindrais de mourir !

Vois, pour t'encourager au dernier sacrifice,

Lui-même de la mort a bu l'amer calice.

Souffrir est le bonheur, et mourir est un gain !

Le temps est aujourd'hui, l'Eternité demain !

Pourquoi donc ici-bas, où tout fuit, où tout passe,

Tant vouloir s'agrandir, tant occuper d'espace ?

Pourquoi tous ces palais où nous passons un jour ?
Sur la terre est la tente, au ciel le vrai séjour !
Qu'importe que la vie ici nous soit amère !
Pauvreté, saint trésor, sous ta garde sévère,
Le cœur est à l'abri des plaisirs séducteurs :
La Douleur, la Vertu furent toujours deux sœurs !

Quoi ! tu voulus, Seigneur, nous voilant ta puissance,
De ton être avec nous consommer l'alliance ;
Nous vivrons de ta vie, accueillis dans ton sein,
Et l'homme à tant d'amour répond par le dédain !
Pour lui, jouir est tout ; durant sa vie entière,
Il consume sa force à scruter la matière :
Et quels que soient les biens dont ta main l'ait pourvu,
O mon Dieu, sans la mort, il t'aurait méconnu !

L'AMOUR.

II.

L'Amour.

A chercher le bonheur l'homme en vain se consume ;
Hors de l'amour divin, tout n'est plus qu'amertume.
L'amour de Dieu, pour l'âme, est un ferme soutien ;
Sur la terre d'exil, c'est le souverain bien.
Mais, pour qu'il règne en nous, il faut le sacrifice ;
L'homme s'aime lui-même, il faut qu'il se haïsse.
Sur l'aile de l'amour, porté vers l'infini,
Il connaît le néant de tout être fini.

Il adore, il espère, il aime, il croit, il prie ;
L'amour est son trésor, et sa force, et sa vie.
Amour, amour divin ! quand tu te rends vainqueur ;
Quand, pour le rendre heureux, tu ravis notre cœur,
La terre apparaît vile et n'est plus qu'un vain songe.
Ses biens tant convoités, que sont-ils ? Un mensonge !
Et le dépouillement qui cause tant d'effroi
De l'âme est le besoin, de l'amour est la loi.

Toi qui fus le berceau de l'Église naissante ;
Dans un siècle pervers, toi dont la voix puissante
Mettait tout en commun, et peuplait les déserts,
O pauvreté sublime, aux traits doux, bien qu'amers !
O mère des vertus ! si le monde t'exile,
Et si le temple saint t'offre à peine un asile,
Qu'importe que ton culte, aux chrétiens de nos jours
Soit un culte inconnu ? — tu régneras toujours.
Jésus-Christ sur ton front posa son diadème,
Heureux qui te comprend, et plus heureux qui t'aime !

Comptez les dévoûments qu'un généreux amour
Aux cœurs vraiment pieux inspire chaque jour.
L'amour nous enrichit des trésors de la grâce,
Et ce trésor, c'est Dieu ! — L'homme superbe passe,
Dédaignant son bonheur : pour lui la terre est tout !
La terre.... quel appui ! rien n'y reste debout !

Oui, de l'amour divin le pouvoir est suprême !
Un jour, si le damné disait ce mot : « Je t'aime ! »
Encor que tes décrets, Seigneur, soient absolus,
De tous les réprouvés tu ferais des élus !

C'est pour se faire aimer que Dieu créa le monde :
Son droit à notre amour sur ses bontés se fonde.
C'est lui qui nous donna ce que nous possédons,
Et tout révèle en nous la grandeur de ses dons.
Seigneur, tu nous aimas, tu nous aimes sans cesse ;
Mais, quand de ton amour prodiguant la richesse,
Tu répands tes bienfaits sur l'homme chaque jour,

5

Vois–tu l'homme souvent répondre à ton amour ?

Dans ce siècle frivole, il te connaît à peine,

A moins que le malheur vers toi ne le ramène.

Qui conserve ce monde et soutient l'univers ?

Qui règle dans leur cours les éléments divers ?

Qui sème ces clartés dont le flux nous inonde ?

Qui fait germer la terre et la rend si féconde ?

Qui nous donne la force et guérit nos langueurs !

Dans nos peines, nos maux, qui vient sécher nos pleurs ?

Qui, par amour pour nous, mourut sur le Calvaire ?

Qui place près de nous un ange tutélaire ?

Qui nous rend purs et saints quand sur nos fronts naissants

L'Église a versé l'eau qui nous fait ses enfants ?

Et qui donc nous laissa, pour dernier héritage,

Sa chair en nourriture et son sang en breuvage ?

Pour nous donner la vie, en s'unissant à nous,

A'ce banquet divin, qui nous appelle tous ?

Et qui donc nous prépare un trône dans la gloire

Pour nous communiquer les fruits de sa victoire ?

C'est Dieu, me dites-vous : — son amour infini
Se donne à l'homme ; et l'homme à Dieu doit être uni.
Hors de cette union, la mort est éternelle.
Le pécheur est donc mort ; sa vie est criminelle ;
Son dernier glas funèbre est encor retardé :
La maison est debout, le maître est décédé !

LE BONHEUR.

III.

Le Bonheur.

Tu voudrais, ô mortel, vivre heureux sur la terre,
La vertu t'apparaît sous un visage austère ;
Le monde te promet des rires et des fleurs,
L'Évangile à ta foi ne parle que de pleurs.
Mais, si de Jésus-Christ la morale est sévère,
La promesse du monde est toujours mensongère ;
Le bonheur du méchant n'est pas même d'un jour :
L'amour est le bonheur, et Dieu seul est l'amour.

Dans le ciel est l'amour, dans l'enfer est la haine ;

Sur terre, la douleur domine en souveraine ;

La douleur au Calvaire épousa l'Homme-Dieu,

Et de l'amour divin elle alluma le feu.

Si tant vaut la douleur, pourquoi dans cette vie

Ne jamais de la Croix embrasser la folie ?

O Croix ! que sur ton lit, où meurt le Dieu d'amour

Je sois toujours cloué, que je meure à mon tour !

Pour une âme qui t'aime et vers le ciel aspire,

Une heure sans souffrance est un cruel martyre.

Oui, la douleur est sainte, elle agrandit le cœur,

Et, l'unissant à Dieu, l'initie au bonheur.

Je n'exagère rien : voyez le solitaire,

Sous son rocher stérile, où l'eau le désaltère ;

Arsène, du désert préférer le séjour

A l'encens des flatteurs, aux pompes de la cour ;

Sur le front des martyrs, rayonner l'espérance ;

Thérèse s'écrier : La mort ou la souffrance !

Pazzi : Jamais la mort, mais toujours la douleur !

Paul, de tous les tourments défier la rigueur ;
Hilarion, chanter à l'amour qui l'enflamme,
En voyant s'écrouler la prison de son âme ;
Les amis de la Croix, triompher de leurs sens,
De joie et de douleur les traits resplendissants.

Parmi les vains plaisirs que tout le monde envie,
Où trouver le bonheur au désert de la vie ?
Le plaisir nous enivre, et soudain notre cœur,
Fatigué de jouir, aspire à la douleur.
La fortune perfide au bonheur nous convie ;
A la poursuivre, hélas ! nous passons notre vie.
Elle souille nos cœurs et profane nos sens,
Et l'homme à son autel vient brûler son encens !
Ainsi, séduits toujours par ses promesses vaines,
D'un esclavage vil nous adorons les chaînes.
Que donnent les honneurs ? Au cœur, un fol orgueil ;
Au vrai mérite, une ombre ; aux vertus, un écueil !
Dans un cercle brillant, quand le plaisir folâtre
Pétille sous nos traits, comme la branche à l'âtre,

Combien de fois la coupe aux bords dorés de miel
Sur notre lèvre ardente a distillé le fiel !
Quand de la volupté la voix mélodieuse
Nous appelle au bonheur, sa figure hideuse
Nous apparaît bientôt cachée entre les fleurs
Et demande soudain d'intarissables pleurs.

Oui, le plaisir nous trompe, et la douleur amère
Pas à pas suit toujours la volupté sa mère.
Mais pour s'en affranchir qui donc est assez fort ?
Elle a des droits sacrés comme ceux de la mort ;
Elle frappe le juste : il adore, aime et prie ;
Elle atteint le pervers : il blasphème et renie.
C'est pour l'homme un sentier bien rude à parcourir ;
Mais, s'il est dur d'y vivre, il est doux d'y mourir.

Bordeaux. — Imprimerie de Mme veuve Crugy.

www.ingramcontent.com/pod-product-compliance
Lightning Source LLC
Chambersburg PA
CBHW060820180626
46818CB00002B/892